開墾地

グレゴリー・ケズナジャット

講談社

開墾地

装丁＝川名 潤

ここはどこなのか。ようやく目が覚めても、しばらくの間ラッセルは思い出せなかった。いつから眠っていたのかも、今は早朝なのか夕方なのかも、すべてがぼんやりとしていて、身体と外界を隔てる境目すら判然としない。暗闇の中で訴えてくるそれぞれの感覚を見定めようと集中すると、暑苦しい湿気が全身に伸し掛かっていて、皮膚は微かな寝汗を帯びている。どこか近くで、何かが機械的な音で空気を攪拌しているが、手足を掠める微風は弱くて、暖かくて、涼感がない。

　目を開けてみると、薄暗い部屋に弱々しく差し込む橙色の光が長い影を壁に落としている。幾度か瞬きをするが焦点が合わず、ぼやけた視界の中で輪郭のないものが絶えず揺らいでいて、合流してはまた乖離していく。

どこからか、単調なざわめきが耳に届いている。リズムに合わせて大きくなったり小さくなったりする、枯葉のような掠れた音。

あれは虫の音だ。確か、キリギリスのはずだ。

そんな名称がふとラッセルの頭に浮かんだ。そして彼はすぐに訂正した。

No. Katydids.

そうだった。ここでは、そう呼ばれている。

鳴き声がその呼び名の由来であると、いつか教わった。

Katy did, Katy didn't, Katy did, Katy didn't.

勿論あの虫はそんな言葉を発しているわけではないけれど、耳に入ってきた雑音をこうして整理して、あたかも意味をなすもののように処理すると、ラッセルは安堵を覚えた。身体を包む無数の感覚の一つがこうして固定されると、連鎖反応のように残りも次々と現実感を帯びてきて、それぞれの位置に定着していく。

ここは自分の部屋だ。実家だ。サウスカロライナだ。順番に枠がぱちんと留まり、ラッセルを囲むあらゆるものにしかるべき重みを与えた。

　首を上げて壁掛け時計を凝視するとその針が7を指している。虫の音からすれば今は夕方だろう。徐々に思い出してきた。スーツケースを引きずりながら東京にあるマンションを出たのも、朝に成田空港を発って、半日後、同じ日の朝のシカゴに着いたのも。逆算すると身体にとって今は朝八時だ。十三時間もの時差で感覚が狂うのも無理はない。ずきずきと痛む頭を抱えながらゆっくりと起き上がった。少し脱水しているのかもしれない。東京のコンクリート迷宮の猛暑に比べれば緑豊かな故郷で真夏を過ごした方がまだマシだろう、航空券を購入した際にはそう思ったものの、久々に来てみるとこの大陸の南部は東京に負けないくらい湿度が高いことを、身に染みて思い出した。

　ベッドから立ち上がり、窓の桟に寄り掛かる。数年が経っても夕焼けを受けている光景に目立つ変化はない。家に寄り添うように設置されている細長い花壇にはマリーゴールドやフロックスが相変わらず咲いている。均等に短く刈られた裏庭の芝生には丁寧に手入れされた植木が生えている。芝生が終わったところから葛の蔓も依然として荒々しく繁殖していて、その先にある深い森に覆いかぶさっている。こうしてこの窓際から葛の茂みを眺めながら、その中から漂ってくるキリギリスやコオロギの鳴き声に耳を澄ましていると、夜な夜な同じように過ごしていた子供の頃の記憶が現在に重なる。無数の緑色の葉が形成する表面がまるで海のように、緩やかな円弧で起伏して、その下にあるはずの木々の形すら見て取れない。昔はこの葉の海が地平線の先まで、無限に続いているかもしれないと想像していた。

　しばらくそのままじっとしている間に淡い橙色の空が濃い紫に染まり、部屋の中も一層暗くなる。外のざわめきに加えて新たな音が家の中で鳴り出す。

　複雑なリズムで響くドラム。それから弦楽器のストラミング。あれはギターなのか、セタールなのか、いまだに特定できない。音量が大きくなるにつれて顕著になってくるディストーションを聞くまでもなく、その音源は居間に置かれた骨董品のような木製ステレオデッキであることが分かる。黄ばんだラベルが貼られたカセットを思い浮かべた。そのラベルに手書きされた父親の文字は自分には読めない。

廊下に出て階段を下りていく。最初は演奏にかき消されるほど小さく、そして徐々に大きく、音楽に合わせて口ずさむ父親の声が聞こえてくる。音楽がさらに高まり、サビのところに至ると、その声が勇壮な歌声に切り替わり、不思議なビブラートで宙空に浮く。

耳に届くその音を、ラッセルは反射的に言葉として理解しようとした。ふと頭に浮かんできた英語の単語も日本語の単語も音に合わせてみた。その歌声に付随する記憶もあったし、イメージも多数あったけれど、言葉だけは持ち合わせておらず、最終的にはただの音として受け止めるほかなかった。

声に導かれてキッチンに入ると、眩しい蛍光灯の下でコンロの前に立っていた父親は鍋を持ったまま振り返った。

「おお、やっと起きたか」

ラッセルの顔を見るなり、父親はやすやすと英語に切り替えた。滑らかな南部方言の中に、さっきのペルシャ語も柔らかい訛りとして谺していた。

ラッセルは弱く頷いて、シンクで水をグラスに注いだ。

「頭痛薬、どこにある?」

「場所は変わってない」父親は抽斗を開けてピルボトルを取り出した。「時差ボケか。日本からここまで何時間かかるんだっけ?」

二錠を口に入れて温い水道水で流し込んだ。「乗り換えの時間を入れて二十時間」

「それだけか」父親は笑った。「俺が里帰りする場合はもっときついぞ。アトランタからワシントンへ、ワシントンからフランクフルトへ、フランクフルトからテヘランへ、テヘランからシーラーズへ。ここはどこなのかも今は何時なのかも、もう自分が誰なのかも分からなくなってしまう」

「それは大袈裟でしょ」

「俺は真実をそのまま言っているだけだ。それで、シーラーズまではな、信じられないくらいボロい飛行機に乗っていくんだ。本当に着地できるかどうか不安になるほどだ。制裁で部品が入ってこないから、片方の翼が壊れ落ちてもあいつらはセロハンテープとスティック糊で修理してそのまま飛ばすぞ。いや本当に心臓に悪い」

あることないことを説得力をもった饒舌さで捲し立てる父親の話を聞いて、ラッセルは思わず笑った。話の内容よりも、久しぶりに聞いた独特なリズムが様々な記憶を呼び起こした。もしこの話しぶりを和訳するならどのようなものになるのだろう。ここ数年、英語が耳に入るたびにその問いが浮かんできた。和訳する必要のないこの町に戻ってきても、その習慣はすぐには消えないようだ。

鍋の中のシチューを覗き込んだ。赤茶色のソースでぐつぐつと煮詰まっているプラムと鶏肉。ターメリックとシナモンの香りがする。もう一つの鍋は蓋をされていたけれど、中身を見なくても黄色いサフランライスが入っていると分かる。

「飯、食えるか」

味のしない機内食で胃もたれしていて、食欲はそれほどなかったものの、懐かしい香りにそそられて思わず頷いた。父親は食器を取り出して、鍋の中身を盛り付けた。やはりサフランライスだった。

キッチンの片隅にある二人用のダイニングテーブルに皿を運び、ラッセルは一口食べた。甘みと酸味の利いた、温かくて円《まろ》やかな味が舌の上に広がった。

「美味しい」

ラッセルがそう言うと、父親は満足げに微笑んだ。

「当たり前だろう。お父さんの手料理だから。日本じゃこんなの食えないだろうな」

向こうのワンルームマンションでよく日曜の夕方に作り置きしていたカレーライスと一瞬比べた。食感と見た目は似ていなくもない。だが味の深みは全く別だった。

「まあ、ライスならよく食ってるけど」

「でも向こうはあれだろ、あのもちもちとしたやつ」父親はフォークでかりかりとした黄金色のサフランライスのお焦げといもを持ち上げた。「ちゃんとしたものは久しぶりじゃないか」

年季の入ったステレオデッキから流れる曲が終わり、次の曲が流れ出す。今度は女性の声が、英語にも日本語にもない発音で部屋を充たす。言葉が分からなくても、何か淋しいこと、切ないことを歌っていることだけが明瞭に伝わってくる。演歌みたいだな、とラッセルはふと思ったが、その比較へ走ってしまうことを不思議に感じた。

部屋を見回すと、この家に住んでいた頃と大して変わりはなかった。カセットの声も、料理の味も、隣で話し続ける父親と自分が使っている食器も、すべてがそのままだった。だがそれらを見ていると、これは日本語だとどのように説明すればいいのかという問いが常に脳裡に浮かんで、ここにいない聞き手のために、あらゆるものを再編成して、再解釈して、日本語で表現できるものに変えていた。馴染みの風景にある種の異国情緒が重なってきた。

「いつまでここにいられる？」

ぼうっとしていたら父親から質問が飛んできた。ラッセルは日付を思い出そうとした。今日は何曜日だったただろうか。

「帰りの便はちょうど一週間後だから、来週金曜日に帰る」

「その時差ボケが治ってこっちに慣れてきたらまた飛んでいくんだな。でも向こうにもやることがあるだろう。短いけど、まあ、久々の帰省だし、ゆっくり楽しめばいい」

食後に父親は紅茶を淹れたが、ラッセルはまた急に眠気に襲われて寝室に戻ることにした。階段を上って再びベッドに横たわると、真っ暗になった窓から聞こえてくる虫の声は一層騒がしくなっていた。キリギリスも、コオロギも、しばらくするとフクロウも鳴き始めるだろう。この地域の風景は覚えていたけれど、夜のざわめきはすっかり忘れていた。

ドア越しにカセットの音量がまた大きくなり、キッチンの片づけをしながらラッセルに分からない言葉で歌い続ける父親の声がその音に重なった。

ラッセルは目を閉じた。それぞれの音に意味を探し求めることなく、ありのままの音として受け止めるように努めた。

深夜にまた目が覚めた。夕方と違って今度は一瞬にして真昼のように意識がはっきりと覚醒していた。暗闇の中で眩しく光るスマートフォンを手探りで摑み取り、目の前まで持ってくる。向こうは今、午後四時だ。その時間を身体の中に入れてここまで持ち運んできたかのようだ。

目を細めて画面に映っている通知をゆっくり読む。指導教員からの新規メールが届いていたが、ラッセルは開こうとしなかった。

顔の前に光っている文字をぼんやりと眺める。東京の部屋ではなんとなく権威を帯びていた日本語の文面はなぜか、この薄暗い空間ではただの形の羅列のように思える。前はそうではなかった。中学校と高校の頃、ほぼ毎晩この部屋に籠もって教科書に載っていた言葉をとことん単語帳に書き写していた時、これらの文字には目新しさもあって、未知なるものの魅力もあった。だが日本の大学へ留学して十年も経った今は、そのような感情はもう湧いてこない。

日本文学科を卒業してからそのまま修士課程に進み、論文が仕上がると今度は博士課程に入った。十八歳からなんとなく運んでくれた道がいよいよ終点に近づいてきて、博士論文が予定通りに審査を通れば来年の四月には学生ではなくなる。本当は四月に向けて準備しないといけない。この夏季休暇を就職活動に充てるべきだっただろう。せめて研究室に残って博士論文の修正に掛かればよかった。こんな時期に帰省することの無謀さに、我ながらラッセルは少し呆れていた。しかしそれでも指導教員のメールを開くことを考えた途端に気力が失せた。

やはり故郷へ帰るのか。

いつだったか、そう尋ねられた。ゼミの終了後、キャンパスの近くの居酒屋に移動してみんなで飲んでいた時だった。そして指導教員はラッセルの故郷について訊いてきた。きみはどんなところから来たのか。修了後に、やはり故郷へ帰るのか。

どういう風に答えたか、ラッセルはよく覚えていなかった。飲み会の席だったし、先輩後輩に囲まれていたので、特に深入りもせず適当にはぐらかしたような気がした。田舎ですよとか、何もないですよとか。フォークナーのヨクナパトーファ郡みたいなところですとか。文学の話が通じる仲間だから、そんな譬喩《ひゆ》を出したのかもしれない。そんな回答では何も伝わらないけれど、そもそも詳しい話を求められていたわけではない。一つの言葉で簡潔にまとめればいい。勿論一つの言葉ではカバーできないものも自分の中にあるような気がしたけれど、そんな気持ちは誰にでもあるし、特別ではない。留学生とか、アメリカ人とか、外国人とか。決まったラベルを相手に渡し、詳細は想像に任せよう。

やはり故郷へ帰るのか。

スマートフォンを元に戻し、再び目を閉じてみた。一日の疲労は依然として身体に残っていた。関節が痛い。目頭も痛い。たった十数時間で一万キロ以上の移動をし、海も渡って日付変更線も越えた。どう考えても身体によくなさそうな距離だった。

朝、成田の出国手続きカウンターで、パスポートと航空券と、在留カードを手渡した。係員は真面目な顔で証明写真を目の前まで持ち上げ、一言もかけることなくカウンターの向こうに立っているラッセル本人と何度も見比べた。品定めするような目つきに、不愉快なものはあったが、ラッセルは意地を張って、係員がスタンプを押すまで目を逸らさずにじっとその顔を見返した。

十数時間の飛行を経てシカゴに到着すると、兵士のように武装した骨太の中年男が待っていて、同じようにパスポートを求めてきた。

「ラッセル……シーラージ」

「はい」

「国外で何をしていましたか、ミスター・シーラージ」

「留学です」

シーラージ。国境ではその姓と、ラッセルの顔との不一致が注目されることもあった。アメリカの南部のどこでも見かけるような、数百年にわたってその地域に流れてきた大勢の貧しいヨーロッパ人の平均を取った容貌は、母親の話によると「父」と瓜二つだったらしいが、ラッセルはその男に会ったこともなく、確認しようがない。シーラージという姓は、二歳の時に母親が結婚した相手、自分を育ててくれた父親から受け継いだものだった。シーラーズの民、という意味だそうだ。ラッセルはシーラーズに行ったこともなければ、その地名を父親の口から出るような発音で言うことすらできなかったが、それでもそれは自分の姓であって、身体と違和感なく共存していた。

男は時間をかけてパスポートを注視した。ホログラムを確認するために何度か顔写真を傾けた。ようやくそっけない「Welcome home」とともに、無造作にパスポートを返してきた。ラッセルは返事をせず、そのまま入国口を通っていった。

その「Welcome home」を聞いて、やっと帰ってきたという安堵を覚える人はどれくらいいるのだろうか。少ないのか。意外と多いのか。国境を越えるたびに、その素朴な疑問は残った。

自分はアメリカ国籍である。それは紛れもない法律的事実だった。日本国の若い係員も、アメリカ合衆国の武装した男も、ただそれぞれが代表している国家の法律を執行しているだけで、別段失礼な態度を取ったり、何か不当な発言をしたりしたわけではない。相手を特定する。相手の存在を正確に把握する。それは彼らに託された職務だった。

しかし国境で、これみよがしに飾られている国旗の下で、抽象的な概念がいっそ安っぽい制服を着た人間として眼前に体現して無遠慮な眼差しを投げかけてくると、普段は意識しない不条理が嫌なほど目についた。滑稽さとともに、静かないらだちを覚えた。なにもかもが、茶番のように思えた。

故郷へ帰ること。その言葉の意味を考えれば考えるほど、分からなくなる。

子供の頃、おそらく小学校に入る前に、この家の廊下で一人で遊んでいた記憶がある。朝の陽射しが窓から差し込み、板張りの床に溜まっていた埃を輝かせていて、その上で転がりながらラッセルは人差し指を伸ばして埃の中に一本の曲線を注意深く描いた。二本、三本。その上下に親指を慎重に押してぐるっと回し、丸をつけた。

居間の本棚に並んでいた書物の中のような、定期的に郵便で届いてくる手紙のような、父親をずっと虜にしていたあの線と点の羅列を再現したかった。しかしいざ自分の手で書いてみると、でき上がるものはいつも微妙にずれていて、違う。

　父親が受話器を手に取る音が寝室から聞こえてくると、ラッセルは足音を忍ばせながらそのドアにゆっくり近づき、冷たい木材にそっと耳を当てた。息を殺して、父親が長い番号を電話に打ち込んでいる音に耳をそばだてた。しばらくすると声が鳴り出す。

「アロー、サラム……」

　その言葉は、寝室のドアの向こうがどこか別の世界と繋がっている証だった。父親は普段使っていた、ラッセルにも分かる言葉から抜け出して、別の言葉へと去っていった。別人になったようにさえ思えた。変わったのは言葉だけではない。口の筋肉が緩み、まるで喉に突っかかっていたものが急に取れたようで、解放感の心地よさがドアの向こう側から、こっそりと盗み聞きしていたラッセルにも伝わってきた。あの不思議な声に切り替わっている間、父親は自信に満ちていて、余裕があるように思えた。

父親がどこか遠いところに生まれたことも、そこに母と兄弟と多くの親戚がまだ住んでいることも、向こうではもう夜の時間帯に父親が電話をかけていることも、すべてラッセルにも分かっていた。しかしドアの向こうで父親の喉から出ていた音が、何かを伝えているということを、実感できなかった。その音はあまりにも速くて、言葉と言葉の区切りのようなものを探しても聞き取れない。父親の言葉がどこから始まるのか、どこで終わるのか、そもそもそれらの不思議な音をどうやって意味に切り替えるのか、見当もつかなかった。

父親の口から流れていたその美しくて異質なものは、ラッセルにとって意味をなす言葉ではなく、ただの音だったが、意味が把握できなくても、その独特なリズムとメロディーが歌詞の分からない曲のようにラッセルの身に染み、震わせた。

電話の向こうにある世界を思い描いてみた。この目で見たことのないところだから父親から聞いた話に頼るしかない。トラックに一緒に乗っていた時も、夕方に居間で甘い紅茶を飲んでいた時も、父親は常に様々な話を用意していた。シーラーズのバザールを歩き回っていた話、ノウルーズに家族が揃って新年を祝っていた話。どこまで父親の言葉を信じていいのか、ラッセルには分からなかった。真実かどうかは確かめようもなかったが、これらの話を元に向こうの世界の想像を膨らませていった。

　ときには、父親は本棚から色褪せた写真集を取り出して見せてくれた。ページを捲ると、どこかの砂漠に立つ遺跡の写真が何枚も続く。不毛な荒れ地から空に向かって聳え立つ古代の柱が欠けた歯のように並んでいて、壁に刻まれた顔が険しい眼差しを送り続ける。そこに写る風景には水気がなく、人気もない。絶えず風と陽射しに晒されたものが静かに崩れ、徐々に消えていく。

　父親はそれらの写真を指差し、ペルセポリス、と呼んでいた。

「二千年以上の歴史だ」と父親は誇らしげに告げた。「ここは我々の故郷だ」

　ラッセルは頷いた。我々の故郷だ、と無言で復唱した。

　その世界はここことは違う。父親は何度もそう言っていたが、それはかえってラッセルの興趣をそそった。写真集と、壁に飾ってある羊皮紙の絵。たまに届く絵葉書と、父親が大切にしてきた古いカセットテープ。これらの断片を掻き集めながら、ラッセルは行ったことのない場所を作り上げようとした。

　もっと話を聴かせてくれるようにラッセルは父親にねだった。父親が英雄役として登場する話も多かった。子供の時に英語を独学して教師を感動させた話、故郷の高校を首席で卒業した話、兵役の落下傘訓練で暴風に巻き込まれて山中に緊急着陸してしまい、二日をかけて基地まで歩いて帰った話。数多くの話の中でも、大使館の話となると、父親の声が一層荘厳になって、目に格別な輝きが宿った。

　いつもバスのくだりから始まった。シーラーズで家族に別れを告げるところでもなく、アメリカの大使館に着くところでもなく、移動の途中で、夜行バスから見たテヘランの早朝の風景が出発点となった。バスの中で一睡もしなかったのに、父親の感覚は不思議なほど覚醒していた。アルボルズ山脈に朝日が描いたドラマチックな影、それまでの人生で見たことのない壮大な建築、流れる光景をすすけた窓越しに貪欲に眺めていた。

　バスターミナルに到着すると、すぐに父親はアメリカ合衆国大使館へ向かった。タクシーで移動したのか、地下鉄に乗ったのか、父親はそこを省いたから知りようがない。いずれにせよ、そのうち大使館のゲートの前に立っていた。

　大使館の敷地と大通りを隔てる頑丈な柵の前に屯《たむろ》していた若者たちは、父親と同じようにビザの面接で呼ばれた者が殆んどだっただろう。一人一人、順番に警備員に中へと案内され、しばらくするとまた一人一人と出てきた。父親の話では、出てきた者は頭の上に片手を挙げ、自分のパスポートを提示しながら若者の群れを通っていた。

「その理由は分かるか」ラッセルに質問した。何度もこの話を聴いてきたラッセルには勿論分かっていた。しかし父親が求めている答えも分かっていて、律儀に首を振った。

「分からんだろうな。ビザが下りた奴は、処理のためにいったんパスポートを大使館に渡すんだ。パスポートをまだ持っているってことはつまり、面接で落ちたってことだ。そういう奴にゲートの前の連中は用がない。簡単に通してくれる。

でも、パスポートを持っていない奴だったら……」

父親は言葉を宙に浮かせて、意味ありげににやっとした。

父親の話には難解な言葉があまり出てこなかった。その発音とリズムが他の周りの大人とは少しずれていることを、当時でもラッセルは薄々感じていた。しかし勢いよく前進するその話し方を気に入っていた。肉眼で見たことのない光景を、父親が紡いだ言葉によってありありと思い描くことができた。

ようやく父親の番になった。ゲートを通してもらい、受付のカウンターで名前を記入してから、細長い灰色の廊下を通って狭い部屋に案内された。その真ん中にごく普通の長机があって、向こう側に平凡な中年男が退屈そうに座っていた。

ラッセルの頭の中の父親は細い青年で、唇の上にうっすらと口髭を生やしていた。父親がたまに取り出して見せてくれるアルバムの写真で見た、若い頃の顔だった。その青年がおそるおそる部屋に入っていき、椅子に目をやり、そして視線を床に落とした。どこからかの指示を待っていた。

長机の上に父親が事前に提出した資料が広げてあった。履歴書、証明写真、学歴、あらゆる情報が数値化され、文字化され、可視化されていた。面接が始まった。

きみの名前は？　きみの出身地は？　きみの出身高校名は？　大学で何を勉強するのか？　なぜアメリカに行きたいのか？

お父さんは何と答えたの、とラッセルはここで必ず訊いた。

「さあ、何と答えただろう。まあ、とにかく自分のことを、包み隠さずに語ったと思う。もちろん英語でね。自分のことをそのまま話せばいいだけだし、そんなのは簡単だろう」

ラッセルの頭の中の映像では、中年男の眼差しに晒された青年は椅子で居心地悪そうに尻の位置を変えていた。無意識なのだろうか、手が椅子の端を握っていた。だが男としっかり目を合わせ、その視線を逸らそうとしない。

いずれにせよ、父親の回答は十分だった。青年はパスポートを係員に手渡して、後日取りに来るようにあっさりと言われた。驚きのあまり青年は不器用に立ち上がり、ドアを出ていった。

「ゲートを通るとな、そこで相変わらず若者たちは待っていた。そして俺を見てきた。顔を見られた。手も見られた。そして何も持っていないということに気づかれると……」

父親はラッセルの顔を見ていなかった。懐かしそうな微笑みで、ここから遠いどこかを眺めていた。「大騒ぎだったよ。数人が一斉にこっちに押し寄せてきた。何を訊かれたの？　どうやって受かったの？　とかさ。帰ろうとしても袖を引っ張られて、教えてくれ、ヒントを出してくれって。まったく、迷惑な奴らだ」

父親はそっと笑った。迷惑ではなさそうな表情だった。

留学ビザが無事に下りて、数週間後に父親はアトランタ行きの飛行機に乗っていたという。子供の頃、英文法を必死に勉強していた時から密かに抱いていた夢がようやく叶い、念願の海外生活が実現した。故郷の話よりも、若い頃の武勇伝よりも、あの日に大使館で審査を通過して、国境を跨いでここへ渡ってこられたという話をラッセルに聴いてもらいたいようだった。

父親は国境を越えた時、どのような気持ちを抱いていたのだろう。その後アトランタに住み着き、学生生活を送っていた間、故郷というものをどのように考えていたのだろうか。卒業後にこの僻地にある工場に就職した時はどうだっただろう。故郷へ帰る機会はいくらでもあった。それでも父親は残ることにした。

自分で正しく発音できない姓と理解できない言葉、行ったことのない遺跡と移動の記憶。父親から受け継がれたものを長い間、ラッセルは考えることもなく自分の中で持ち運んできた。

我々の故郷だ。

そこはどこだったのだろう。

芝生には露がまだついているのにすでに暑い。庭中に蝉の声が響き渡っている。東京でも今頃は同じ音が聞こえるだろうと、ラッセルは何気なく思ったが、同じ蝉というのに、やはり鳴き声が少し違うような気がする。いや、声が同じであっても、東京とこことでは響き方が違うだろうから、まったく同じように聞こえるはずがない。蟬そのものの違いではないかもしれない。ただの錯覚にすぎないという可能性もある。

コーヒーを片手に素足で庭を歩き回りながら、ラッセルはそうやって辺りのものと、昨日まで見ていた光景を比較せずにいられない自分を不思議に感じた。蟬、ではなく、cicada のはずだったが、日本語の言葉が相次いで頭に浮かび、見ているものも聞いているものも、微かだが確実にそれらの形をずらした。ここは相変わらず、子供の頃に毎日駆け回っていた庭だった。何も変わっていない。しかしそこに日本語でできたトポスが重なり合うと、普段は説明する必要がないものを、どうやって説明すればよいだろうと思わず考え出していた。

父親は今もなお、ラッセルの母方の曽祖父が戦前に安く購入した土地に住んでいた。ほぼ七十年前に建てられた二階建ての木造家屋を中心に広がる、数千平方メートルの土地だった。広さはあったものの、その土を数十センチ掘ってみても不毛な真っ赤な粘土しかなく、活用しようがない。そのためか、真ん中に立つ家と、それを囲うこぢんまりとした庭以外は、昔から野放しにされ、あらゆる雑木雑草が鬱蒼と繁殖していた。それらを覆い隠すように、葛が蔓を巻きつかせてすべてを同じ緑一色に変え、丘の向こうにある州道に繋がる砂利道は、緑色の海を渡る細長い橋のように見えた。

　祖母が亡くなった後、両親とともにそれまで住んでいた狭いアパートを出て、この家に引っ越してきたことを、ラッセルは辛うじて覚えていた。まだ五歳だった身体が小さかったからか、すべてがまだ目新しかったからか、当時はこの土地の規模がより大きく見えて、どこまで探検しても全体を網羅することは不可能のように思えた。日がな一日、裏の森を散策していた。両親に繰り返し危ないと注意されたが、隙間さえあれば茂みの中を潜り抜けた。葛の葉の下へ入り込み、たった数十メートル先にあった家が視野から消されるほどこんもりとした植物に囲まれていると、世界がしんと静まり返った。ラッセルはその密かな空間が好きだった。

　あんなところに潜り込んだら何に出会うか分からない。夏には病菌持ちのダニもいるし、秋には枯れた蔓とマムシの区別がつかない。奥深くまで入り込んで迷子になったらどうする。母親にそうやって叱られたが、同じくこの土地で育ったわけだからきっと同じように探検してきただろう。引っ越して間もなく、母親がまだこの家に暮らしていた頃に、この庭で一緒に遊んでくれることもたまにあった。母親は蟬の呼び方を教えてくれた。キリギリスの鳴き声に聞こえる言葉も。

「懐かしいか」父親が家の裏口から声をかけてきた。「向こうにはこんな庭はないだろう」

「ああ。何も変わってないね」

「何言ってるんだ」隣まで歩み寄ってきた父親はラッセルの肩に手をかけ、一本の植木を指差した。「あの木は去年の春に植えた。綺麗だろう」

「昔なかったっけ」

「なかったよ。ああ、こんな歳で骨を折ってこの庭を維持してるのに、誰も気づいてくれない。俺は何をやってるんだろう」父親は聞こえよがしに独り言を言って息子の無関心を大袈裟に嘆いた。ラッセルは笑った。

この土地は季節問わず手入れしないといけなかった。草刈り、落ち葉の掃除、砂利の補充。古い家も常にどこかが修理を必要としていた。骨組みを覆った羽目板の塗装は剝がれていたし、排水管は定期的に詰まり、目を離すと今にもすべてが倒れそうだった。

「しかし、葛はまた暴れ出してるな。この前草刈り機で片づけたのに。そろそろまたなんとかしないと」

絶えない作業の中でも、毎年繁殖する葛の処理が一大事だった。一週間でも放置すれば芝生に侵食してくる。一年経てば、家そのものも呑み込んでしまうだろう。

「向こうでは葛のことをどうしてるんだ」父親は続けた。「もともと日本の植物だろ」

「ああ、確かに。でも向こうではここまで生い茂っているのは見たことがない」

家と庭を囲い込む葛は十九世紀に日本から移植されたらしい。南部の近代化に伴って、線路と道路を敷設する際、数多くの丘陵が切り崩され、赤粘土でできた表面は雨が降り出すたびに地滑りを起こしていたという。土を固定させるべく、アジアから輸入された葛が広く植えられた。葛の頑丈なこんがらがった根っこは赤粘土にも馴染み、求められていた役割を果たしたが、天敵のいない環境で繁殖を妨げるものもなく、誰しもの予想を越えた成長を示し始めた。今も毎年の夏に、丘や空き地から這い進んでくるその蔓は前へ、前へと伸び、町中に打ち捨てられたトラックも、廃墟となったトレーラーホームも、放置されたあらゆるものに巻きついて、一面の新緑の中へと呑み込んだ。前線が過ぎるとそれらのものはぽっかりと、島のようにてっぺんだけを緑の茂みの中から覗かせた。

　英語でもその名称は「kudzu」となったが、南部方言を通過してカッヅーと発音されるようになり、そのうち原産地との繋がりはほぼ忘れられた。この地域の言葉には珍しいことではなかった。ヨーロッパの言葉もアフリカの言葉も先住民の言葉も溶け込んだ言葉に、カッヅーもただ一つの音として根づいた。ラッセルが生まれた頃、すでに葛のない風景を覚えている人間は一人もおらず、それはただ南部の風物の一つと化していた。

「気候はこっちとあまり変わらないけど、天敵とかいるんじゃない？」

「天敵？」

「葛を食う虫とか」

「虫かあ」父親は腕を組んで、合点した。「じゃ今度一匹でいいから持ち帰ってくれ。この雑草がなくなれば俺の人生がどんなに楽になるか」

父は真剣な声で不満を並べ立てたが、ラッセルは気にしなかった。葛がなくなればいい、と父親は言うけれど、実際に永遠に取り除く方法があったとして、父親は果たして採用するだろうか。家の修理と土地の管理は父親にとって課題のようでもあり、趣味のようでもあって、昔から土日は勿論、たいてい平日の夕方も返上してその作業に打ち込んでいた。義務もなく、別に誰から期待されていたわけでもないが、いったん始めた作業そのものが生き甲斐になったかのように、父親は怠りなくやり続けてきた。

この地に移り住んできた当初から、父親は最低限の土地の管理は細々と行っていたが、本格的にのめり込んだのは、母親が去った後からだった。

二人はもともと職場で出会ったらしい。父親がアトランタでの留学生活を経て、サウスカロライナの北部にある工場で電気工学の知識を活かして専門職に就いた時に、近所の高校を卒業したばかりの母親がそこの事務職をやっていたという。二人はしばらくして結婚して、ラッセルも父親の養子として正式に受け入れてもらうことになった。その経緯は後で親から聞いたが、当時まだ二歳だったラッセルには当然何の記憶もなかった。継父とか養子とかいう言葉は理解していたが、自分と関係のあるものとして実感することはなかった。

二人がなぜ互いに惹かれ合ったかは、よく分からなかった。幼い息子を一人で育てようとしていた母親の姿を、父親は健気に思っていたのだろうか、不憫に思っていたのだろうか。あるいはいつも決まった場所に長く立っていられなかった母親は、父親の素性に何らかの魅力を見出したのかもしれない。彼がいずれこの町から自分を遠いどこかへ連れ出してくれるとでも期待していたのだろうか。

幸福に過ごしていた時期もあった、確かに記憶のどこかに、そんな思い出があるような気がした。家の中に常に不穏な雰囲気が漂うようになる前、母親が寝室に籠もって朝から飲むようになる前。両親の間の亀裂がどういう風に開き始めたのか、ラッセルには知りようがなかったけれど、いつの間にか両親は互いにほぼ口を利かず、たまたま同居していた他人同士のように振る舞うようになっていた。

　あからさまな喧嘩はそれほどなかったが、静かに溜まっていたものが定期的に噴火した。そんな時にはラッセルは自分の部屋の中に閉じ籠もった。しかし古い家の隙間だらけの壁を通じて、聞くともなしにそれぞれの声が聞こえてしまった。

　叫び声に近い音量で、母親は支離滅裂な言葉を父親に浴びせかけた。この町に対して、この家に対して、自分の人生に対して、目の前に立っている男に対して、ありとあらゆる不満が情熱的に溢れて迸《ほとばし》った。喧嘩は二人のすべての会話と同じように母親の言語で行われ、いつもよりも慎重に言葉を選びながら母親を宥めすかそうとする父親の声が時々辛うじて耳に届いた。その声を遮り、さらに行き場のない悲しみと怒りを父親にぶつける母親の声のほうが、はっきりと聞こえてきた。

　二人の声を聞いているうちに、ラッセルは忸怩たる思いで顔が熱くなった。動揺するといきなり話したいことを話せなくなる父親のことも、ただ感情に流されて言葉を放ち続ける母親のことも、恥ずかしくて、聞くに堪えなかった。母親の訛った言葉が自分の中にもあると思うと、微かな恐怖心さえ覚えた。

　すべてが理不尽に思えた。耳を塞いで、こんなところから早く逃げたかった。どこか遠いところへ。部屋の暗闇の中で目を瞑って静けさが戻ることを待ちながら、ラッセルはペルセポリスを思い出して、柱と柱の間を通る熱風の音を想像しようとした。

　母親が家を出た日の記憶は、はっきり残っていない。ラッセルが七歳の頃だ。その日に至った経緯は思い出せるのに、別れの場面はただ空白がぽっかりと空いているだけだった。母親は確か、予めラッセルに理解させようとした。より良い母になるためにしばらく自分のことに集中するとか、いつかは必ず戻ってくるとか、でもこの家にいる限り息ができないとか、確かそのような話をされた。ラッセルは特に反応せずに聞いた。母親はずっと前から、本当はここではないどこかにいるような気がしていた。だから、これから身体も離れていくことは、自然なことのように思えた。

母親が去った後、裏庭の葛の蔓を掻き分けて、一人で歩き回っている記憶はあった。大きくて瑞々しい葉っぱの下に潜む、静止した薄暗い空間を探し求めていた。複雑に絡み合う根っこの隙間に、古いものも新しいものも、この土地の人々に忘れられたものも失われたものも、ときには危険なものも、あらゆるものが溜まっている。いつしか母親にそう言われた。蔓を通り抜け、割れたガラス瓶の破片や、その他のガラクタに膝や掌を傷つけられないように注意しながら、その奥まで進んだ。

そこで父親の声が聞こえてきた。振り返ってみると、芝生と葛の境界の一歩前に立っていて、葉っぱの合間からこちらを覗き込んでいた。

「あのな」と、いつもより真剣な顔で話しかけてきたが、言いよどんで、もう一度、最初から言い直した。「あのな。言うまでもないが、一応言っておこう」

ラッセルは立ち上がった。左手に、地面に転がっていた蛇の抜け殻を握っていた。

「俺ときみの関係は、一切変わっていない」

ラッセルはしばらくただぼんやりと、抜け殻を握り続けた。手からかさかさとした、乾いた音がした。

ようやく無言でその抜け殻を地面に落として、また慎重に葛の蔓を掻き分けながら父親の下に引き返した。父親は珍しくラッセルの小さな手を取り、二人は一緒に家に戻っていった。二人が血縁で繋がっていないことに父親が触れたのは、その時が最初で最後だった。

その数日後、父親は家の修繕と、土地の管理に取り掛かり始めた。それまで数ヵ月続いてきた混乱に終止符を打ちたかったのかもしれないし、多少でも人生の一部に意志を行使したかったのかもしれない。急に増えた一人の時間をどうにか埋め尽くし、憂愁に沈むことを避けたいところもあっただろう。家の基礎から生えてきた雑草を素手で駆除した。裏庭で危うく傾いていた古い物置小屋を取り壊した。しばらく放置されてずるずると庭に蔓をくねらしてきた葛をとことん追い返した。

工場では常に配線基板とはんだごてで細かい仕事を行っていた父親にとっては不慣れな作業だったはずだが、業者を雇うとか、土地を売却するとか、そんな話は一度も出ることなく、しばらくすると汚れた作業着で庭に向かっていく父親の姿は見慣れた光景となった。

ときに、どことなく父親の気持ちが離れているように感じることがあった。ラッセルに対してではなく、父親と世界そのものとの間に、隙間が開いていた。父親がキッチンで夕飯を作る時、ときおり手を止めて、ぼうっと鍋の中でぐつぐつ泡立つ中身を延々と見つめていることを、ラッセルは見逃さなかった。そんな時に父親が何を考えていたのかは分からなかった。だが今まで進んできた道から不意の衝撃で外れ、途方に暮れ、どうにか周りの何かを固定しようとしていることだけは伝わってきた。土地を管理することは、そんな目標に合っていたのかもしれない。

町中に続く道路を走るトラックの中で、ラッセルは助手席に深く凭《もた》れ、道沿いの景色をフロントガラス越しに観察した。新しくできた建物はいくつかあったものの、それらを除くと十年前とほぼ変わらない様子だった。道路に並行する線路、錆びた標識、砂利を敷いただけの簡易な駐車場。高校生の時に電線の不良で全焼したスーパーの焦げた残骸はそのまま、建て替えられることなく残っていて、左半分の壁はすでに葛に覆われていた。後数年すると、建物全体が緑の中へとすっかり姿を消し、そのうち忘れられるだろう。

「時差ボケはまだ治ってないのか」

「昨日よりは全然マシだけど」

「俺にもその感覚は分かる。向こうに帰る時は最初の三日間がいつもつらい。脳と身体が少しずれているようで、同期するまで時間がかかる」

昨日に比べれば時差ボケの影響は軽くなっている気がする。関節の痛みもほぼ消えていて、視野が急にぼやけてくることもない。辺りを見回すと脳が相当する日本語の単語を相変わらず提供しようとする。必要もないのに、この光景を適切に表す言葉を絶えず探している。だがピンと来るものがなかなか思い浮かばず、もどかしい。

　父親にも同じような思いはあったのだろうか、とラッセルはふと思った。故郷に帰って、今も向こうに住んでいる親戚と話す時、この町のことをペルシャ語でどういう風に言い表しているのか。ラッセルのことを、ペルシャ語でどういう風に説明しているのだろう。この地域の言葉でないと、言い切れないものはあったのだろうか。

　どの方向を見ても、葛の緑色が視野を埋め尽くし、高速道路のそれぞれの出口の近くに林立した建物群は島のようにその中から突き出ていた。昔の看板が色褪せていたり、建物に貼られたロゴマークが変わっていたりしたところはあった。かつて行っていたビデオレンタル店は、やはり潰れていた。高校の時のバイト先の書店もいつの間にか消えた。

ちょうど道路が西へ曲がるところの丘の上に、見覚えのある、安そうな金属板でできた工場が立っているが、かつて大きなブロック体で書かれた会社名が消えて、うっすらとした影だけ残していた。

「あれ、ヒタチも閉まった？」

「ん？　ああ、そうだな、五、六年前のことか。話題になったよ。ブラウン管を作ってたな、確か。そんなものはもうどこにも需要がないだろう」

　ラッセルは呆然と頷いた。あってもなくても、自分とは特に関係がなかったが、高校生の時に毎朝この道路を走り、この角で見ていた丘の上の工場がなくなっているのを見ると、時間の経過を実感した。

　そもそも彼が日本語と出会ったのは、故郷にある日本企業の影響が大きかった。この辺りの町がほぼすべてそうであったように、この町も八〇年代からいきなり注ぎ込まれた日本企業の資金を追っかけていた。暖かくて湿気の多い南部の気候は、関東のそれと似ていると言われたし、冬が凍て付くように寒い北部に比べれば、本社から配属される社員にとって馴染みやすいはずだった。おまけに労働規則の厳しい北部や中西部とは違い、南部は昔から労働組合もないに等しく、賃金も低い。工場さえ建てたら労働者はたちどころに群がってくる。

地方自治体は必死に日本企業の注目を集めようと、様々な工夫を試したようだ。ゴルフ場を設置して、日本文化センターも建てた。滞在中の社員の子供のために、日本語学校まで設立した。戦略はある程度成功した。町中に新しい工場が現れ、ゆくゆくはそれらのマネージャーになる人材も赴任してきた。

ラッセルが中学校に進学した頃には、その動きはすでに落ち着いていた。数年前に破裂した「バブル」とともに資金の流れが徐々に枯渇し、かつてあった日本人のコミュニティーも縮小した。日本文化センターが廃墟となり、落書きまみれとなって、手入れする者がいなくなった日本庭園にも雑草が生い茂っていった。

ラッセルの中学校にあった日本語入門の授業も、すでに去ったその時代の名残だった。三年生になると生徒は全員、週一回日本語を学習した。内容は極めて基礎的だった。企業向けの日本語学校から派遣された教員がみなに挨拶を教えたり、かなをなぞらせたりして、一時間が経つと生徒はまたそれぞれの教室に戻っていった。日本のことも日本語のことも知らなくて、特段関心もなかったラッセルにとっては、それは最初、単に一つの科目に過ぎなかった。だが英語にないそれらの文字をノートに書き取っている時に、不思議なほど落ち着いてくる自分に気がついていた。

　コンソールのカセットプレイヤーから、昨夜と同じ音楽が流れている。音質の粗いギターと太鼓を伴奏に男が切実に歌い上げる。言葉は分からないものの、哀感のようなものが声で伝わってくる。失恋だろうか。郷愁なのだろうか。見たこともない風景がラッセルの頭の中をよぎる。

「暑いな。秋に帰ってくればよかったのに」ハンドルを握って眩しそうに目を細めている父親は口ずさむのをやめる。「今年の秋はアミンが来るし。ラッセルに会いたがってるよ。『ラスール』は日本で元気でやってるか、っていつも訊いてくる」

　父親と同じくアメリカに留学して、そのまま定住した父親の年下の従兄弟はロサンゼルスに暮らしていた。南部の田舎に住み着いた従兄弟にペルシャ語を思い出させるため、と言って年に一度ほどサウスカロライナにやってくる。屋外の管理作業にのめり込む父親のことを理解しかねていたようだったが、他に国内で会える親戚は互いにいなかったし、二人は従兄弟よりも兄弟のような仲に見えた。

「あいつは再婚するんだって」

「アミンが？」

「ああ。お見合いだ。しかも相手はイランを出たこともないらしい。そんな人をいきなりカリフォルニアに連れ出してどうするんだろう。びっくりして帰りたい帰りたいと泣き喚かないかな」

　父親はやおら笑った。

「まあ、大丈夫じゃない？　お父さんは帰りたいと思わなかったでしょ」

「そりゃそうだ。俺はどこでもやっていけるから。でも世の中にはそうじゃない類いの人の方が圧倒的に多い」

　確かに、帰りたいという人の方が多いように思う。東京に引っ越してから、同じように海外からやってきてしばらく東京に住むことにした人に沢山出会った。

長期滞在する人もいたし、何十年も住み続けてきた人にも会ったけれど、ある日思い立って、国へ帰るといきなり宣言する者も少なくない。理由はまちまちだった。家族の近くに住みたいという者もいれば、母語が恋しいという者もいた。日常生活で蓄積してきた些細な摩擦や誤解がいよいよ限界に達して、これ以上外国人としてやってられないと吐き捨てて消える人もいた。ラッセルはそれらの話を聞くたびに納得したし、共感するところもあったけれど、自分のこととなると、たとえ面倒なことがあったり、周りの社会に疲れることがあったりしたとしても、帰りたいという思いに至ることは、今までなかった。

「まあ、ラッセルが言う通りだろう。きっと何とかなる。どうせアミンはカリフォルニアにいても、テヘランに住んでいるつもりでいる」

「ああ、アミンがそんな話をしてたね」

ラッセルはカリフォルニアに行ったことはなく、向こうのことをよく知らなかったが、アミンの話によると父親と同じ言葉、同じ文化を共有する人が大勢いるらしい。アミンはロサンゼルスのことをいつもテヘランゼルスと笑いながら呼んでいた。

「一昨年、会いに行ってきた。向こうの光景を見たらきっときみも驚くだろう。あいつが住んでる地域にはイラン人しかいない。外で歩いてると英語がまったく聞こえてこない」

「そんなことはないでしょ」

「いや、本当の話なんだ。ペルシャ語のテレビ局も、ラジオ局もある。アメリカにいることなんて忘れてしまう」

そう言う父親の声には、驚きとともに軽蔑のようなものが聞こえた。ラッセルはステレオを一瞥した。ペルシャ語で歌う男の声はトラックの中で響き続けている。

「いや、これは違うって」

ラッセルの視線に気が付いたのか、父親は片手を挙げ、まだ発せられていないラッセルの言葉に反論した。

「こんなのは、ただの思い出だ。誰だってたまには若い頃を思い出したいだろう。帰りたいとは思わない。そもそもどこに帰る？」

「イランに帰らないにしても、カリフォルニアはあるじゃない」

父親は苦笑した。「俺の故郷は頭の中にある。それだけでいい。古いファンタジーを現実で作り上げようとするのは、バカだけだ。大概ロクなことはない」

ステレオから流れる音楽が高まり、車内の空間を充たしていく。なぜか分からなかったけれど、そのリズムが道沿いに流れ続ける景色に妙に一致して、その歌手がこの町のことを歌っているような錯覚が、一瞬だけラッセルにあった。


母親が出て行って半年後、アミンがしばらくカリフォルニアから泊まりに来た。

アミンが現れるたびに、ペルシャ語の会話が家中に飛び交った。最初は従兄弟からペルシャ語で話しかけられても、ラッセルや母親が周辺にいると父親は頑なに英語で返したけれど、抵抗できなくなったのか、そのうち母語に切り替わるのが常だった。ペルシャ語とサウスカロライナのそれぞれの訛りが入り混じった言葉を話す父親とは違い、アミンの言葉はいつ会っても強い癖を保っていた。母音の発音が独特に曲がっていたり、Vの音がWの音になったりして、ラッセルには聞いたことのない、裏声の鼻声のような、喉から声を絞り出しているようなイントネーションで話していた。ときにはその言葉はラッセルには聞き取れなかったが、大人に向かって聞き返すのがなんだか恥ずかしくて、そのたびにただ黙って頷くことにしていた。

　今回の訪問ではその会話にいつもより重々しい響きがあった。母親のことを話しているのだろう、と二人の声を廊下で聞いてしまったラッセルは推測した。部屋に入っていくとアミンは珍しく自ら英語に切り替えて、ラッセルの髪の毛を手でくしゃくしゃにして、朗らかな笑顔を見せた。

「やあ、ラスール、元気かい」

　そう言われてラッセルはアミンを見上げて、微笑んだ。

　ラッセル、ラスール。たった一つの母音の曲がり、差異はそれだけだった。

「ラッセル」はもともと赤毛という意味だったらしい。ラッセルはありきたりの茶色の毛だったが、遠い祖先まで遡ると赤毛の人間もいただろう。その遺伝子が今も自分の中にあるかどうかは分からなかったが、名前だけは確かに受け継がれてきた。「ラスール」はイランの名前だとアミンが教えてくれた。意味はメッセンジャーだということも。たった一つの母音が変われば、ラッセルも何かのメッセージを伝えることができたのかもしれない。

　その呼び方はわざとなのか、ただ訛りが強く出ていてラッセルと言うのが億劫だったのか、どちらかは分からなかったが、前者だと思いたかった。

　アミンが家の中の雰囲気をなるべく明るくしようと努力していることは、子供のラッセルにも一目瞭然だった。ある夜に三人で紅茶を飲んでいた時、アミンはリュックからビデオカセットを取り出して父親に渡した。最初は怪訝そうに受け取った父親はアミンの言葉を聞いているうちに苦笑し出して、テレビに接続された古いプレイヤーに差し込んだ。

「アミンがおみやげを持ってきたんだ」と父親は英語で説明してくれた。「これはね、お父さんとアミンがラッセルみたいに小さい頃に、向こうの映画館で観たものだ」

ラッセルは一緒に観るように誘われなかったが、部屋から追い出されることもなかった。静かに、暗くなった部屋の隅っこでテレビの画面と、そちらに視線を向けている二人のことを注視した。

ブラウン管がちらちらと光る。ノイズがゆっくり解消して、画像が安定してくると、白黒の古そうな映像が画面に現れた。登場する人物はみな父親とアミンと同じような言葉で話していた。言葉が分からなくても、何らかの喜劇ということは雰囲気で伝わる。画面では二人のスーツ姿の男性が夜の街を走っていた。何かを追いかけているのか、それとも何かから逃げているのか。

一人の男が相手に向かって何かを話しかける。冗談なのだろうか、それを聞いたアミンはげらげらと笑い出した。隣に座っていた父親もにやっと笑った。ラッセルは父親の笑いの意味を探ろうと、顔をじっと見つめたが、父親はその視線に気づかなかったのか、あるいは無視したのか、ラッセルの無言の問いかけに答えようとはしなかった。

ようやくラッセルは寝るように指示され、寝室に向かったが、密かに聞き耳を立てると壁越しに父親とアミンの会話を辛うじて聞き取れた。二人の声はさっきより一層静かになっていた。アミンは専らペルシャ語で話し、父親も殆んどペルシャ語で返事していたが、ところどころ、南部訛りの英語も聞こえてきた。暗い海の中に立つ離島のようなその言葉にラッセルは縋った。

「帰ってこいと急に言われても」

「あの子の面倒は誰が見るんだ」

その会話の断片をどうにか組み合わせようとしたが、空白があまりにも多く、意味を限定してくれる情報が足りない。ペルシャ語ができればいいのに。父親とアミンと同じようにいつでもこのよく分からない母語の外へ出ることができればいいのに。白黒映像の中で垣間見た世界へ思いを巡らせながらラッセルはようやく寝ついた。

今までアミンはいつも二、三泊すると帰ったのに、今回は一週間が過ぎても帰る気配がなかった。彼は家事を手伝ったり、料理を作ったり、父親の代わりにラッセルを小学校まで送る日もあった。父親のトラックに二人で乗っている時、アミンはいきなり質問を切り出した。

「なあ、ラスール。お父さんが一週間ほど出かけても、構わないでしょ？」

ラッセルは首を傾げ、アミンの顔を眺めた。「お父さん、どこかに出かけるの？」

「お父さんは、故郷にも家族がいるでしょ？　アメリカに渡ってきてから、お父さんはみんなに会ってないんだ。ラスールのお母さんがいなくなったから、お父さんのママがとても心配してる。お父さんはここで一人ぼっちでしょ」

「別に一人ぼっちじゃない。僕がいる」

アミンは一本取られたような顔をして笑い出した。「ああ、そうだ。お父さんにはラスールがいるよな。それは心強い」

フロントガラス越しに流れていく朧気な景色をぼんやりと見ていた。湿度の高い晩夏の空気はなんとなくもやっとしていて、目の前にある建物も電柱も道路も、それらの隙間で生い茂る葛も、すべてがどろどろと溶けてしまいそうに見えた。父親の写真集に写る遺跡、父親の言う故郷のくっきりとした、水気のない光景を思い出した。ここは違う、と父親に何度も言われた。ラッセルはその写真を見るたびに、未知の世界の魅力を感じたが、その場所を故郷と呼んでいた父親は、何を感じていたのだろう。

「お父さんがママに会いに行きたいなら、もちろん構わないよ」

「本当？　それはよかった」

「僕も行くの？」

「それはね」アミンの声に戸惑いが混じった。「ちょっと難しいんだ」

「なんで？」

「どう説明したらいいのかな。まずはね、ラスールはまだパスポートを持ってないでしょ？　海外旅行にはパスポートという特別なものが必要なんだ」

「でも、それは作れるでしょ」

「そうだね。きっとそのうちラスールも作るさ。でもね、実はアメリカとイランはあまり仲良くないから、それでいろいろややこしくなる」

ラッセルは黙り込んだ。アメリカと父親の国との間の悶着について、少しは聞いていた。父親の家族が会いに来ないのもそのためらしい。そんな遠くて抽象的な問題が身近に話されると、何ともいえない不思議な感じがした。

「次回はラスールも行けるよ、きっと。何とかなるさ。でも今回はお父さんに一人で行かせてあげよう。な？　何せ俺がここでラスールと一緒にいるから、楽しく過ごそう」

数日後、三人でトラックでアトランタの国際空港へ向かいながら、ラッセルは徐々に膨んでいた不安を考えないように努めた。飛行機のことを考えた。今まで近くで見たことがなかったから、その眺めを期待していた。しかし着いた頃にはすでに日が沈んでいて、ターミナルの外灯で翼や窓しか光っていなかったから、全体像を把握できなかった。真っ暗な滑走路の上で、点々とした灯りが下りてきたり、星空へ向かって滑らかに上がったりして、あらゆる方向へと動いていた。

「すぐ帰ってくるから。アミンの言うことをちゃんと聞くんだよ」

父親は荷物を持ち上げ、保安検査場の入り口へ向かっていった。アミンと一緒にラッセルは父親が乗った飛行機が離陸するのをターミナルの窓から観た。星のように光っていたその小さな一点が舞い上がり、ようやく視野から消えた。ついに父親も自分の手の届かないところに行ってしまった。

父親が不在だった一週間、アミンはラッセルの面倒を見てくれた。毎朝小学校まで送り、午後に再び校舎から出てくるとすでに迎えにきていた。帰りに近所のビデオレンタル店に寄って、ラッセルの好きな映画を借り出し、夕方に二人でテレビで観ながらアミンが作った料理を食べた。

「ラスール、いつもはお父さんが料理してるの？」

「うん、だいたい」

母親が出ていく前から父親が常に料理当番だった。

「普段は何を食べてる？」

ラッセルは思い出そうとした。あまり考えたことがなかった。父親が作る料理は呼び方を知らないものが多かったし、母親はそれらを概してペルシャ料理と呼んでいた。

「さあ、ペルシャ料理かな」

「ペルシャ料理か」アミンが面白そうに笑ったが、何が面白いのか、ラッセルには分からなかった。「ラスール、教えてあげよう。本物のペルシャ料理はうまいぞ。お父さんの下手な手料理に騙されないようにな」

　本物のペルシャ料理と父親が作っていたペルシャ料理とはどう違うのだろう。そのような区別はラッセルにはなかった。

「あの人だってやっぱりペルシャ料理を作るんだな、結局。昔からあれだけ外国のことに夢中だったのに」

「アミンもアメリカに来たでしょ」ラッセルは思い浮かんだ素直な疑問をそのまま口にした。

「そうだけど、それはあくまで留学だった。俺は卒業してから帰るつもりだった。でも革命があって、それから戦争もあって、帰ることが難しくなったからここに残ったんだ。ロサンゼルスには同じような人が沢山いる。ラスールのお父さんだって本当は同胞と一緒にいた方が楽だろうに」

アミンが言っていることの意味をいまいち摑めなかった。だが最後の言葉は脳裡にある記憶を呼び起こした。父親と二人で、ペルセポリスの写真集を見ていた時のことだった。

ここは我々の故郷だ。

その我々とは、誰のことを指していたのだろう。

食事が終わるとアミンは外に出て煙草を取り出した。ラッセルはその後についていった。街灯も月もなく、辺りは暗かったが、夕風で緩やかに靡《なび》く葛の音が聞こえていた。

「ここは、本当に不思議なところだな」と、アミンは誰にともなく呟いた。

「もしお父さんが同胞のところに行ったら、僕は……」

暗闇の中で光るアミンの煙草に向かってラッセルは話しかけたが、途中で言葉が途切れた。

「何言ってるの」アミンの煙草は蛍のように上へ浮き上がり、一段と明るく光った。「お父さんがどこに行っても、その時はラスールも一緒に行くでしょ」

自分の髪の毛をくしゃくしゃにするアミンの手を感じた。

一週間後に、深夜に到着する父親を迎えるために二人はまた空港へ向かった。南部の夜の高速道路は利用者が少なく、まばらに通る運送トラック以外は殆んど見かけなかった。一定の間隔で過ぎ去る街灯でトラックの中が照らされては暗くなった。

アミンは何かを話してくれたが、ラッセルはその声に集中できなかった。お父さんが実際に戻ってくるか、戻ってきてもどこかが変わっていないか、一週間頭の片隅に追いやっていたよく分からない不安が、直前になってしつこく戻ってきた。

空港に着いてしばらく待っていると、父親が出口から現れた。いつもより疲れたような様子で、しかし同時にまた一層いきいきとしていた。笑顔でラッセルに声をかけた。なぜか、言葉が少しぎこちなく聞こえた。

「ちゃんといい子にしてたのか」

「うん」

近づいてみると、父親の身体に不思議な匂いがついていた。長旅で微かに体臭が漂っていて、その上にラッセルには分からない、何らかの香料のような匂いも混じっていた。不快ではなかった。

ラッセルはその姿を注意深く見つめた。星空へ飛んでいって別世界まで行き、どうにかして帰ってきた父親は、その体験によって変わったのか、変わらなかったのか、それとももしかして元の自分に戻ったのか、その手がかりとなる兆候を探していた。やや遅くなった言葉と、身体から漂う不思議な匂い。それ以外、特に変わったことはないように見えた。ただ、帰りのトラックの中で今まで見たことのない疲れた表情でずっと眠っていた。

翌日階段を下りると父親はすでに目覚めていて、アミンと紅茶を飲みながら静かにペルシャ語で話していた。どのような会話をしているのかは分からないが、父親が流す音楽と同じように、言葉が通じなくてもはっきりと伝わるものがある。家族の近況報告なのだろうか。アミンは笑う。懐かしそうな笑いだった。

父親はラッセルに気がつくと、絨毯の真ん中に置かれた重いスーツケースを開けた。ラッセルの嗅いだことのない匂いが再び部屋中に放たれた。

「おみやげを沢山持ってきたよ」

次々と、不思議なものが荷物から出てきた。ガラスと金メッキが施された細い金属でできたティーセット、陶器と木の水パイプ、細々としたタイルでできた宝石箱とチェス盤、様々な香辛料。

「ほら、従兄弟《ペサルハレ》。サフラン」

父親はプラスチックに包まれた赤い乾いた草のようなものを荷物から取り出してアミンに渡した。

あの不可解な文字が印刷されたパッケージに、硬いシロップのようなものに刻んだピスタチオを載せたキャンディーが入っていた。父親に勧められて一切れを口の中に入れると、アーモンドを彷彿とさせるような、でも味わったことのない味がした。ラッセルは菓子のパッケージに書かれた文字を眺めながら、二人の声を聴いていた。

しばらくすると会話のリズムが微妙に変化する。今主導権を持っているのはアミンだ。優しく、だがしつこく、父親を説得しようとしている。父親は首を振る。やんわりと断っている。喧嘩ではない。ただどうしても同意できないポイントがあったようだ。

父親は溜息をついた。ラッセルが視線を上げると、父親と目が合った。

「なあ、ラスール」アミンは英語に切り替えた。「イランに行ってみたいと言ってたよね」

父親の前でその話をするのがなぜか恥ずかしかった。だが頷いた。

「イランは難しいけど、お父さんと一緒にカリフォルニアに来たらどうだ？　ロサンゼルスを案内してあげよう」

「いいの？」

ラッセルは父親の顔を見た。だが彼は険しい表情で手を眺めていた。

「もちろんいいとも。ほら」アミンはスーツケースの中身を指差した。「こんなものよりもっと凄いものがなんでもある。本物のペルシャ音楽も、本物のペルシャ料理も。もしお父さんが気に入ったら、あっちに引っ越してくればいい」

父親がペルシャ語で短い言葉を放ち、アミンは黙り込んだ。たった数秒だけだったけれど、重い雰囲気が部屋を充たした。

「このタイミングじゃ難しいと思う。ラッセルは学期の途中だし、俺だって一週間溜まった仕事が待ってる。何せ、俺たちの居場所はここにある。なあ、ラッセル」

ラッセルは返事をしなかった。アミンはゆっくりと立ち上がって、煙草、と言い残して部屋を出ていった。数日後にアミンが帰ってから、しばらくカリフォルニアの話を聞くことはなかった。

三十分ほど経つと、高速道路の出口で下りて州道に入った。道沿いに建物が徐々に多くなってきて、車線も増え、ホームセンターの巨大な看板が先に見えてきた。

実家のガレージに父親は数多くの道具を用意していた。草刈り機や熊手、様々な形の鋸と斧、名称どころか用途すらラッセルに想像できないものも壁に打たれた釘からぶら下がっていた。作業に必要な物がない時はこうして町の大型ホームセンターまで出て、新品の道具を調達した。

「今年は葛の焼き払いを試そうと考えてる」数百台の車を収容できる大規模な駐車場を渡って、店先に向かいながら、父親はラッセルに作戦を説明した。「インターネットで見たんだ。まずは燃料を撒き散らして葉っぱを焼く。それが燃え尽きると次はスコップで土を掘り起こして、根っこを取り除く。それぞれの根っこが交差するところに節のようなものがあって、そこだけを切り出したらその残りの蔓が自然と枯れるらしい」

「そうすると葛は完全に消えるの？」

「まあ、完全に消えることはないだろうが、少なくとも庭から少しは追い返せるはずだ」

家の裏にある森の葛はすでに古く、根っこも深い。もはや数年にわたって土工機械で繰り返し掘り起こさなければ完全に駆除するのは不可能だそうだ。毎年夏になって、新しい蔓が徐々に芝生に侵入してくると、父親はそれと容赦なく格闘し続けた。年中絶え間なく手入れしていた家と庭だけは、なんとか守り抜いてきた。

「いくらやっても、結局作業は終わらないね」

「死ぬ日までな」と父親は笑って、ホームセンターに入っていった。

慣れた様子で通路を歩く父親の後を、ラッセルは大きなショッピングカートを押しながらついて行った。ほどなくガーデニングのコーナーに辿り着くと、父親は商品を吟味し始めた。新しいスコップをカートに放り込んだ。新品の手袋も。しばらく探してみると雑草の焼き払い用の着火具みたいなものも売っていて、父親はその操作を確かめた。

「これは燃料はどうなってるんだろう。灯油かな」

そう呟きながら、父親はどこかへと歩き出した。ラッセルは慌てて後をついていった。

「すみません」

次の通路から父親の声が聞こえてきた。角を曲がると、ホームセンターのロゴマークがプリントされたベストを着ている中年男が、早足で歩み寄る父親の姿をやや怪訝そうな表情で見ていた。

「すみません。えーと、火を起こしたいんですけど」

「火ですか」

「ああ。庭にやっかいな葛があってね」

店員は不審そうな目つきで父親を眺めていた。父親は特に気にせず、カートから細長い着火具を取り出した。

「これを売っているでしょう。で、訊きたいのは、これにどのような燃料を入れるのかってこと」

先ほどまで普通に話していたのに、店員に話しかけてから父親の言葉は微妙に変わった。他人と英語で話すといつもそうだった。どことなくぎこちない、どことなく言葉選びが周りと違う。

子供の頃も、店に入って店員と話す時とか、学校の面談の時とか、父親と相手とのコミュニケーションが不思議に食い違うことがしばしばあった。やはり緊張していたのだろうか。あるいは昔の教科書から学んだ不自然な会話例が今でも頭のどこかに残っていたのだろうか。それぞれの相手の反応は様々だった。最初のぎこちなさを気にせずに、ごく普通に接してくれる人なら父親もそのうち落ち着いてきた。だが中には、父親の言葉に対してガードを上げる人も少なくなかった。笑顔を維持しつつ、まるで子供を相手に話しているように、必要以上にゆっくりと、簡単な言葉だけで上から父親に話しかける人。父親の訛りを聞いた瞬間に、あからさまに迷惑そうな顔を作ってよそよそしくなる人。悪気も敵意もなさそうなのに、ただ返事に困っているような人。

昔、ラッセルはこのような会話を恥ずかしく感じることもあった。言葉が通じなかったのではない。食い違っているのはむしろ行間にある何かだった。この地域に育った人たちの会話には独特なリズムがあり、また特定の流れみたいなものがあった。その流れを自然と聞き取れると同時に、父親の言葉にも精通していたラッセルは、このような会話を聞いていると、二人を隔てる言葉の隙間に自分自身が宙吊りになっているような気がした。

店員は着火具を父親から取り上げ、ハンドルの裏面に貼ってあったラベルを見た。注意書きのような文章が細かい文字で書かれていた。

「ここですね」と店員は指差した。「六割ディーゼル、四割ガソリンのミックスが推奨されています」

父親はラベルに顔を近づけて文章をゆっくり読んだ。

「あっ、ほんとだ。書いてあったんですね。まったく気づかなかった」

そう言ってきまり悪そうに笑った父親に対して店員は笑いを返さず、目も合わせなかった。ただ道具を返して、「精算は店頭のレジでお願いします」と言い残して去っていった。

「ありがとう」と父親はその背中に向かって呼びかけたが、店員は振り返らなかった。父親は気にする様子もない。

「さあ、行こうか」

店頭にレジのカウンターがずらりと並んでいて、それぞれに長い行列ができていた。そうか、土曜日か。週末だけにホームセンターは混んでいる。カートを押して一番近い列に並び、ラッセルは何気なく周りを見回した。

最後にこれほど多くの、流暢な南部方言を喋る人間たちに囲まれていたのはいつだっただろう。東京では英語を耳にすることはさほどなく、あったとしても一人、二人が静かに話していただけだ。しかし今は何十人もがレジへ向かって押し寄せている。無遠慮に喋り続ける彼らの会話が、聞くともなしにラッセルの耳に入ってくる。

多数の会話で多数の声が響き渡る。男性の声も女性の声も、老人の声も子供の声も、笑う声も訴えかける声も。話の内容はそれぞれ違うものの、言葉と言葉の行間に共通して潜む何かがあって、考える余地を与えることなく強く訴えてくる。常識というか、共感というか。この言葉は正しいだろう、という絶対的自信。この言葉を理解してくれ、という揺るぎない主張。時差ボケのせいなのか、長い間この地域で飛び交う言葉を聞いていなかったからなのか、その音がひどく耳障りで、微かな頭痛のような感覚さえ起こす。できることなら耳を塞いで拒みたかった。だが仕方なく前に立つ父親の背中の一点に集中しながら耐えた。

父親の表情を確認した。だが周りの雑音を気にしている様子もなく、けろりとしている。この地域に長く住み続けたことで、この囂《かまびす》しい響きに麻痺したのか、それとも父親は、この音を聞かないという選択をしたのか。

東京の通勤ラッシュの電車に乗っていた時や、週末の繁華街を歩いていた時、周りにいる大勢の人間の声に圧倒されそうになると、ラッセルはただ聞くのをやめて、自分の中へと避難することができた。自分の言葉ではないと思えば、日本語の声も、日本語の行間に潜んでいるものも、そのすべてを斥けることができた。その思いはある種の距離感をもたらし、自分と周りの人との間に薄い膜を張り、自由に思考する余地を与えてくれた。当たり前と感じてきたその自由をこのように奪われると、いきなり裸になったような焦りが湧き上がってきた。

周りにいる似たような顔から、似たような言葉が流れ続ける。自分がここで目立つことはない。訛った言葉を発した瞬間に迷惑そうな表情で見られることもない。ここにいると自分は気がつかぬ間に溶け込んでいって、痕跡も残さずに大勢の中へと去っていくことができる。努力も集中も必要ない。ただそのまま、自分の中にある何かに身を任せ、流されていくだけでいい。

「おい、大丈夫か」

見上げると父親が不安そうな顔でこちらを見ていた。カートのハンドルをきつく握りしめていたラッセルの手に、微かな冷や汗が滲み出ていた。


母親の英語は今でもはっきりと覚えていた。

緩やかなイントネーションで、南部訛りの言葉が常に次々と口から出てきて、ぎこちなさもなく、揺らぎもなかった。まるで深い川のように、母親の言葉は絶えず流れ続けていた。一つ一つの言葉を注意深く選び取って、常に自問を繰り返していた父親には、激しくなったその流れを止めることができなかった。

二人の喧嘩を聞いていた時、ラッセルには母親の言葉の論理が理解できなかった。話の意味を探し求めて、要点を摑んだと思いきや、別の方向へ転じて、また感情任せで広がっていった。

　話の論理は摑めなかったものの、行間から切実な感情が確かに聞き取れて、それが自分の中にある何かと共振していた。むしろ母親の言葉が不条理になればなるほど、その共振がさらに力強くなり、ラッセルはその感覚を恐れていた。しかしその恐怖から逃げていける場所がなかった。自分の中にある母語から逃げようがない。母親がいなくなってからも、その不条理が消えることはなく、学校の校舎でも、店や公園でも、英語で話し合う町の人たちから母親と同じような言葉が聞こえてきて、同じような不安を抱いた。そのためだろうか、いつでも英語の外へ出て、ペルシャ語へ自由に移動できる父親のことを羨ましく思うことがあった。

　一度だけ、ラッセルはペルシャ語を教えてほしいと父親に頼んだ。

　アミンがカリフォルニアに帰ってから間もない頃だった。再び二人だけの生活に戻り、ラッセルは毎日小学校に通い、父親は相変わらず家の修理と土地の管理に励んでいた。なぜ父親はそこまでその作業にこだわるのか、芝生刈りや木々の手入れで汗を流す様子を見かけるたびにラッセルは不思議に思った。州道に続く砂利道以外は二人の家は完全に森に囲まれていて、訪問者どころかその道を通る者も一人もいなかった。母親が離れて二人だけになり、作業の手を緩めればよかったのに、父親はむしろ追われているような勢いで、新たな課題が出現するたびにすぐに取り組んでいた。

　ラッセルも手伝おうとしたが、そのたびに父親に断られた。父親が一人で作業していたかったからなのか、それとも自分でやらなければいけないと責任を感じていたのか、ラッセルには分からなかったが、家の中から一人で作業にのめり込む父親の姿を見続けた。

　裏庭の雑草を取り除いている父親の歌声が、家まで届くこともあった。その歌はいつもペルシャ語のもので、ラッセルには理解できなかったが、南部の夕方のざわめきに重なると、心地よいものがあった。この辺りの誰にも分からない歌を発している父親は何を考えているのだろう、とラッセルはぼんやりと考えた。郷愁なのだろうか。母親と同じように、ここからどこか遠いところへ旅立ちたいと思っているのだろうか。それとも深い考えはなく、自分の唇と舌と喉のそれぞれの筋肉と神経が単に、遠い昔から覚えていたパターンを繰り返していただけなのだろうか。

父親の言語は以前から家の中に存在していたが、久々に帰省した後は、その存在はさらに大きくなった。夕方にラッセルが小学校から帰る頃、父親はカセットテープで三十年前のペルシャンミュージックで部屋を充たした。週末は朝から本を手に取り、線と点でできた行を右から左へと読んでいた。こういう時にラッセルは静かにし、父親を邪魔しないように心がけた。父親は別の世界に入っていて、その言葉が分からなければ自分は後を追えないことが分かっていた。

ある週末の夕方、父親が居間のソファの上で読書しながらうとうとしている時を狙って、ラッセルは前から考えていたことを伝えてみた。

「お父さんはさ、故郷の家族と話す時、英語を使わないよね」

「ああ、家族は英語が分からないから」呼び覚まされた意識を再び本に向けたまま、父親は簡単に答えた。

「でもお父さんが使ってる言葉が分かる」

父親は本を胸に置いて、ラッセルの顔を見た。

「それはそうだ。向こうはみんなペルシャ語ができる。毎日使ってるから」

「学校で学ぶの？」

「まあな。きみは小学校で文法とか単語の綴りとか勉強するだろ？　向こうでも子供たちはみんな同じようなことをやっている。でも学校に行かなくても、小さい時からだいたい分かるけどね」

父親の胸に置かれた本の背表紙に、あの文字に見えない文字がぎっしりと詰まっていた。あれが読めたら、どんな気持ちになるだろう。別世界に入ることができるのか。母語を忘れることは、できるのか。

「僕もペルシャ語を習いたい」

そう言って、ラッセルは床の一点を凝視した。父親の返事を待っていたが、数秒間、反応はなかった。

「ペルシャ語を習いたいのか」

ラッセルはただ短く頷いた。それでも返事が来ないので再び顔を上げ、父親と目を合わせた。その顔にはラッセルが見たことのない表情が広がっていた。まるで珍妙な動物でも見ているような目つきで、父親はラッセルの顔を探っていた。ようやく笑い出した。

「なんで？　ペルシャ語なんか学ばなくていいよ」そう言って、父親はまた本を取り上げた。「学んでどうする？　イランにでも行きたいのか？」

「まあ、いつかは」

父親はまた静かに笑った。「ペルシャ語を勉強するなんて。もっと役に立つこと、もっと楽しいことはいくらでもあるよ」

ラッセルはただ黙って、再び床のほうに眼差しを送ったが、突っ立ったままで、動こうとしなかった。父親は溜息をつきながら、またそっと本を置いて、さっきより優しい声で続けた。

「ラッセルは英語が話せる。きみはまだ分かってないだろうが、それは実はとても幸運なことだよ。外国語を勉強しなくてもどこにでも行ける。どこに行っても、言いたいことを言えない苦しさはない。だから、ペルシャ語なんか学ぶ必要はない。きみは自由だから」

　父親の言葉には切実なものがあったが、当時のラッセルは納得できなかった。自由と言われても、母語はむしろ檻のように感じられた。その言葉の中には母親の思い出がある。この町の常識がある。父親に対して不親切な態度を取った人の自惚れも、あの不愉快な共振も。父親には違う言葉が聞こえていたのだろうか。いや、言葉そのものの違いではない。自分と父親とでは響き方が違うだろう。まったく同じように聞こえるはずがない。

　母語から抜け出したい気持ちには変わりはなかった。父親が一人だけで入り込んでいたあの不思議な世界を、自分の目で見たかった。だがラッセルは二度と父親にその願いを伝えることはなかった。

スマートフォンがまた光った。暗闇の中でその青みがかった白は明るくて、冷たい。ラッセルが手に取って通知を確認すると、案の定、日本語の文字がずらりと画面に広がった。指導教員からの未読メールはすでに数件が溜まっている。そろそろ返信しないと。この町から視点を移動させて、日本に残してきた事柄を考えなければならない。それができなければ前へ進めないだろう。どこからともなくそんな声がラッセルに聞こえていたが、そう思えば思うほど指先が重くなり、結局メールアプリを開くことなくスマートフォンを元の位置に戻した。

ベッドに座り直して、窓の外を見た。空が夕暮れのオレンジとピンクに変わっていて、キリギリスとコオロギのざわめきが今夜も耳に届いてくる。ホームセンターから帰るなり部屋に戻って夕方まで寝てしまった。全身が睡眠に飢えていたような眠りで、夢も見なかった。

父親に言われた通り、やはり時差ボケはまだ治っていないのか。脳と身体の間に確かにずれを感じていた。しかしこの激しい疲労感の原因は別のところにあるような気もした。

レジ前の人混みの暑苦しさを思い出した。彼らから発された絶え間ない話し声の記憶も蘇ってきた。息ができないような、そのまま埋もれて消えていくような圧迫感の余韻が一瞬、身体に響き渡った。

言葉ではなかった。訛りでもない。単語と単語の間に聞き取れた何かが、ラッセルの感覚に強く訴えた。大した話でもないのに、自分に向けられた話でもないのに、否応なしに自分の中へと無理矢理突っ込んできて、共感を要求してきて、長らく感じなかった共振を呼び起こした。

この町を出ていく前にも、同じような気持ちはあったけれど、これほど肉体的に反応したことが今まであっただろうか。ラッセルは記憶を探ったが、思い当たらなかった。

初めて日本へ向かった時の飛行機からの眺めが思い浮かんだ。窓から離れていく故郷を見下ろした。野原と森を貫く州道、低い建物や家屋、あらゆるものの間に広がる葛の蔓。あちこちで灯っている光が少しずつ小さくなり、気がつくとアパラチア山脈の麓に寄り添う淡い色のシミのように見えてきて、ようやく雲の下になり視野から消えていった。この町と、この町の言葉をようやく後にしたと気づいた瞬間に感じた安堵感は鮮明に覚えていた。

しかし父親がかつて言ったように、世界のどこに行っても英語は常に存在を感じさせる。故郷を出たとはいえ、英語から逃げ切ったわけではない。大学で文学を専攻したのも、そのためだっただろう。ラッセルの母語をほぼ排除したその小さな世界で、日本語を学習し始めた時に感じたのと同じような安堵感を見出した。彼は深く潜り込んでいった。言葉の奥まで入っても常にまた奥があった。何かを追いかけているのか、それとも何かから逃げているのか、自分自身でもよく分からなかったが、とりあえず振り向きもせずにさらに進んでいった。

ときには向こうの言葉の行間にも、母語に潜んでいたのと同じ不愉快なものが聞こえるような気がした。トウゼンとかジョウシキとか、ワガクニハとかで始まる発言を耳にするたびに、ラッセルがかつて怯えていた不条理な要求が一瞬だけよぎった。だが向こうの言葉は母語ではない。自分の言葉ではない。そう言い聞かせて作った微かな距離はラッセルを守った。

やはり故郷へ帰るのか。それとも、日本に残るのか。

自分が日本で、日本語の中でいつか死んでしまったら、自分の一部も向こうの言葉の中に織り込まれ、そこで生き続けるのだろうか。それとも自分はすっかり覆われて忘れられ、完全に消えてしまうのだろうか。

生まれ育ったこの町に戻り、この十年間ともに生きてきた日本語を手放して、これから母語の中で生きていくこともできるだろう。しかし自分がそうしないということを、ラッセルはすでに分かっていた。他の言語を身につけた以上、忘れることはない。そもそも忘れたいと思わない。英語に戻ることも、日本語に入り切ることもなく、その間に辛うじてできていた隙間に、どうにか残りたかった。

居間から柔らかい灰色の明かりが炎のように瞬きながら、廊下へ漏れてくる。ラッセルがゆっくりと近づくと、音声も聞こえてくる。音質の粗い甲高い楽器の音楽と、ペルシャ語の台詞だ。部屋に入ると父親は暗い中で古いテレビを眺めていた。ちかちかする映像が父の顔を照らしては隠す。

「体調、よくなったか」

「ああ」

「なんだか、顔色が悪かったよ。暑さがこたえてるんじゃないか」

「本当に大丈夫。ただ眠かっただけ」

「ならよかった。明日は庭の片付けだから、体調を万全にしないと」

ラッセルに話しながらも父親の目は画面から離れない。いつかアミンが持ってきたビデオの白黒映像が画面に映っている。数十年経っても、登場する二人の男はいまだに慌てて街中を駆け回っている。

「何か観たいものでもあるか？　これはただ流してるだけだよ。別に消してもいい」

「いや、これでいいよ」とラッセルが言い、古びたソファに座り込んだ。「これは何年の映画だったっけ」

「さあ。六〇年代かな」

少し陳腐なサウンドエフェクトとともにペルシャ語の話し声がテレビの弱いスピーカーを通じて白黒の世界から届いてくる。六〇年代のイランの、もはやどこにも存在しない世界が断続的に部屋を照らす。

父親が故郷から抱えてきたイメージはこの家を充たしたが、ペルシャ語で歌い出したり、思い出話を慎重に選んだ英語で繰り広げたりするたびに、アメリカでもなくイランでもない、ここだけの空間を切り開いていた。その小さな空間の中で自分は育ってきた、とラッセルはふと思った。ペルシャ絨毯と金メッキのティーセットが詰め込まれた南部の倒れかけている家にいても、日本語の書物や資料が積まれた東京のワンルームマンションにいても、それは変わることはない。父親とは違って、ここに住み着くことはできなかった。父親には無視できる何かが、ラッセルに常に訴え、絶えず彼の中へと浸透しようとしていた。だがその空間を作り上げる方法は他にもあったはずだ。

遠いところ、どこにもないところの映像で画面が点滅する。暗闇の中でその光が作る影は細長く伸びて、場面が切り替わるとまた消えていく。二人は並んで、故郷の残影を無言で眺め続けていた。

「もうちょっと離れて。こいつが頭に落ちてきたら痛いぞ」

指示された通り、ラッセルは数歩後退った。父親が高枝鋸《たかえだのこぎり》で切っていた五メートルほどの枝はもはやほんの少しの皮でぶら下がり、空中で静かに揺れていた。父親がゆっくりと切断すると、音をたてながら勢いよく芝生に落下してきた。

「あっちに運んで。後で全部燃やすから」

ラッセルは無言でその枝を両手で掴み、庭の片隅に積まれた枝の山のところへ引きずっていった。額に溜まっていた汗を手の甲で拭き、目を細めた。

やることはいつでも山ほどある。常に何かが崩壊寸前の状態にあって、日々それぞれの対策に追われるため、改善したり全体的に工夫したりする暇はない。前進も後退もせず、現状を維持するために同じ修理と管理を繰り返し行うしかない。

「疲れたか」

「ああ、ちょっと」

父親はペットボトル入りの水を渡してくれた。

「読書ばかりしないで、たまには身体も使わないと」

確かにやや運動不足になっていた。このように久しぶりに身体を動かすと実感した。しかし筋肉に溜まりつつあった疲労感は不快ではなかった。鋸や木の枝の感触はしっかりとしていて、力を入れたら予想通りに応えてくれる。地道だが爽快な作業だった。

朝から芝生の雑草を駆除して、ガレージに溜まっていた土埃を掃いた。裏庭に立つ木々の整理が終わった頃には日がすでに沈みかけていて、家と庭は森の淡い影に包まれていた。

「やっかいな仕事はこれからだ」父親は庭の先に繁殖している葛の蔓を指差した。「焼き払えるか試してみようか」

庭の後ろ側の森の木々は相変わらず葛の蔓に覆われていた。何度追い返してもまた伸びてくるだろう。

葛が日本語だと知った時の衝撃はいまだに覚えていた。東京で大学に向かう電車に乗っていて、車窓から外を眺めていたら、線路沿いに生えていた馴染みのある蔓が視野に入った。故郷にあるものとは違って、目の前の植物は繁茂しておらず、むしろ線路を囲む堀の壁を丁寧に、装飾しているように見えた。だが見間違いようがなかった。

日本語では何と呼ぶのだろう。常にどこからか聞こえてくるその問いを思い浮かべながらスマートフォンを取り出して検索すると、子供の時に使っていた「kudzu」と、その語源である「葛」が隣に並んでいた。

彼は一瞬目を疑った。思わず呟いてみた。近頃使っていなかった南部訛りが唇の形を歪めた。

Kudzu. カッヅー。

ラッセルの中では、その時まで「葛」と「kudzu」には何の繋がりもなかった。むしろ、高くて分厚い壁で隔てられているように思えた。おそらく幼時から、視野に入っていた様々な物が、一つ一つ名前を持って認識され始めた頃、「kudzu」はすでに頭にしっかりと定着していただろう。世話をしてくれた「mom」と「dad」や、夏の夜に鳴く「katydid」などと同様に、あらゆるものを覆い隠す「kudzu」も、自分より遥か前から、世界そのものを形成する物の一つだった。小さくて閉じた故郷の外により大きな世界が広がっている事実をまだ意識していなかった時の思い出の中に、地球の反対側との接点はすでにあった。生まれ育った町と母語から離れるまでそれに気がつかなかったことが、なんだか不思議に思えた。

　ふとラッセルは音楽のアプリに切り替え、父親がいつも聞いていた音楽を検索してみた。父親が長年大切にしていたカセットテープの音楽が、今や世界のどこでも誰しもがすぐに手に入れられるようになっていた。曲名を指先で押すと、数秒で音楽が流れ始める。懐かしい声がイヤホンから響き出し、ラッセルはそれを聴きながら車窓を流れていく葛の蔓を見つめた。

小さい頃に聞いていたその曲は、今でも意味が分からない。歌手の味わい深い声の哀愁だけが伝わる。何かが失われた。何かが切ない。それは今でも、完全にはラッセルのものではなかったが、自分の中にある何かが、確実にそこに重なっていた。

　実家の中で常にこの音楽をかけていた父親を思い出した。いつまでもあの町に同化することもなく、かといって故郷に戻ることもない。いつまでも途中でいた。不安だったのだろうか。どちらかに偏りすぎるとバランスを崩し、何か大事なものを失うことを恐れていたのだろうか。

　知らずにその姿勢を父親から受け継いだ気がする。だが常に決まった場所に立っていられなかった母親の性格も、自分の中のどこかにあったのかもしれない。ラッセルには判断しようがなかった。おそらくある程度、どちらもあっただろう。

　強烈な匂いが鼻に届いてラッセルは我に返った。父親が目の前に蔓延《はびこ》る葛の蔓に燃料をまき散らしていた。

「こうやって燃やしておけば、少しは後退するだろう」

それはあくまで一時凌ぎだ。春になるとこの雑草はまた繁殖し、今年よりも前に進んでいくだろう。

ラッセルは辺りを見回した。実家は完全に蔓に囲まれていた。家の後ろにある緩やかな坂の上からその植物が液体のように流れてきて、家の庭を守るだけで父親は絶えず労力を費やしていた。しかし結局のところ、時間の問題だろう。たとえ父親がこれから何年も健康で、この作業を行うのに必要な体力を保つことができたとしても、いつかは確実に葛に覆われる。周囲の葛があらゆる方向からそのぼろぼろの家に近づき、全体を覆い、窓とドアから中まで入り込んでいく。何年もかけて棚や箪笥をこじ開け、その中身まで巻きついていく。家族の写真だの錆びついたトラックだの古びたステレオデッキだの、そのすべてが葛の中へと消えていく。新しいものも古いものも。忘れられたものも失われたものも。

ラッセルはその妙な幻を振り払った。それはずいぶん先の話だ。今はまだ時間が残っている。今年は葛を焼き払い、しばらくの間だけでもこの家と、この庭を守り続ける。

　ラッセルは着火具から滴る火を、葛に落とした。炎が蔓に伝って、葉っぱから葉っぱへと静かに広がる。緑が一瞬だけ輝いた後、脆《もろ》い灰と化していく。つんとした匂いを伴いながら煙が狼煙《のろし》のように夕方の橙色の空へ舞い上がり、しばらくすると消えていく。

グレゴリー・ケズナジャット

Gregory Khezrnejat

1984年、アメリカ合衆国サウスカロライナ州グリーンビル市生まれ。2007年、クレムソン大学を卒業後、外国語指導助手として来日。17年、同志社大学大学院文学研究科国文学専攻博士後期課程修了。現在は法政大学グローバル教養学部准教授。21年、「鴨川ランナー」で第2回京都文学賞を受賞し、デビュー。同年、受賞作を収録した『鴨川ランナー』（講談社）を刊行。

初出　「群像」2022年11月号

開《かい》墾《こん》地《ち》

2023年1月24日 第1刷発行

著　者　　グレゴリー・ケズナジャット

発行者　　鈴木章一

発行所　　株式会社講談社
〒112-8001 東京都文京区音羽2-12-21
電話　出版 03-5395-3504
販売 03-5395-5817
業務 03-5395-3615

印刷所　　凸版印刷株式会社

製本所　　株式会社若林製本工場

本文データ制作　凸版印刷株式会社

ISBN 978-4-06-531168-4 N.D.C. 913

KODANSHA